名探偵はハムスター！

2 まぼろしのツチノコを追え！

こざきゆう 作　やぶのてんや 絵
監修：小宮輝之

文響社

もくじ

プロローグ ……1

1 密室！ オニクント急行事件 ……9
　動物図鑑・FILE1 ……33
　もっと！ 動物知識 ……34

2 ぬすまれた名画 ……35
　動物図鑑・FILE2 ……41

3 なりすましの哲学者 ……43
　動物図鑑・FILE3 ……49

4 消えた!? トマト色の秘仏 ……51
　動物図鑑・FILE4 ……77
　もっと！ 動物知識 ……78

5 ずたボロ肉の謎 ……79
　動物図鑑・FILE5 ……85

6 金庫やぶりのかんぺきなアリバイ ……87
　動物図鑑・FILE6 ……93

7 まぼろしのツチノコを追え！ ……95
　動物図鑑・FILE7 ……123

おわりに ……125

ひとことメモ

カンガルーはフカフカしたものが大好きです。飼育下では、毛布やぬいぐるみなどをあたえると大切にして、とろうとすると怒るほどです。

1 密室！オニクント急行事件

ひとことメモ

コノハズクをはじめフクロウのなかまは、怒ったときやこわいものがあると、翼を広げて体を大きく見せ、威嚇します。

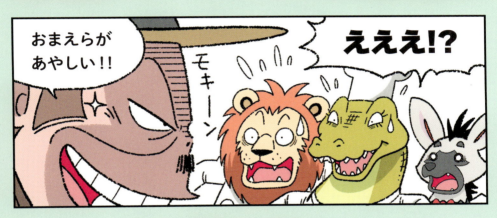

ひとことメモ

ヒツジやウシなどのなかまは、もともと上の前歯がありません。かわりに上の歯茎がかたくなっていて、この歯茎と下の歯で草をかみ切ります。

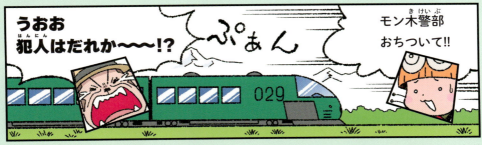

> **ひとことメモ**
> ヘビのうち、タマゴヘビのなかまは歯がうしなわれています。鳥類の卵のみを食べるので、丸のみしやすいように歯をもたなくなったのです。

容疑者リスト

SUSPECT?

種: アードウルフ

職業: バーテンダー

ロビー車（軽食や飲み物でくつろげる車両）のバーテンダー。見た目や口調は老人っぽいが、容疑者の中でいちばん若い。

土大神アリスキ

SUSPECT?

種: イリエワニ

職業: 料理人

オニクント急行の料理人。元5つ星ホテルの主任シェフで、腕を買われて豪華寝台列車の料理人にまねかれた。

黒古台リエ

SUSPECT?

種 ライオン
職業 寝台列車の調理手伝い

レストランRABITOのコック。"事件の神"に愛されているとでもいうのか、行く先ざきで事件にまきこまれる。

シシ出ライ男

SUSPECT?

種 コノハズク
職業 車掌

オニクント急行株式会社の従業員。生真面目な性格で、列車の発車時間をまもることに命をかけている。

小江野ブッポウ

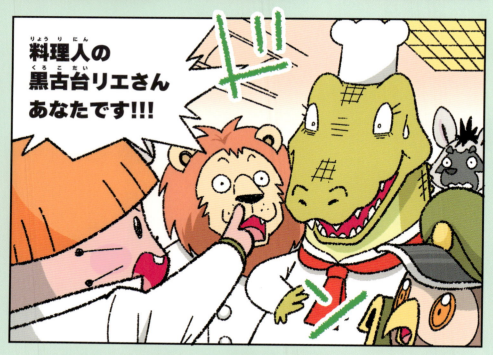

ひとことメモ

上のコマにあるとおり、黒古台さんは体が大きいですよね。それもそのはず、イリエワニは世界最大のは虫類です。これまで見つかった最大級は9m以上！

ひとことメモ

ワニの歯は、折れたりぬけ落ちたりしても、その下に生え変わる歯が準備されており、だんだんのびます。一生で20回以上も生え変わるんですよ。

> **ひとことメモ**
> アードウルフの歯は、くし状で貧弱です。また、シロアリのようなやわらかいものしか食べないので、歯が退化し、奥歯もぬけてなくなります。

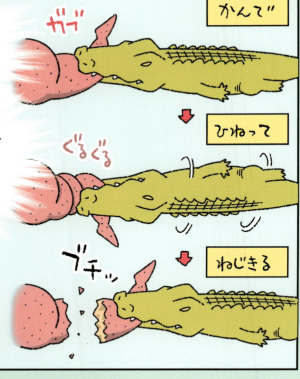

ワニはえものにかみつくと水の中に引きこみ"デスロール"とよばれる体を回転させる行動で肉をねじ切ります

あなたは最高級モモ肉の「韋駄天」を食べるためにシンクに水をはってデスロールした！

だからまわりに水しぶきの跡がのこっていル〜ってこと!!

ううう……「韋駄天」を食べたい気持ちをおさえられず……

あんたが乗車していなければバレなかったのに……

ひとことメモ

ワニの歯がとがっているのは、つかまえたえものをにがさないようにおさえておくため。なので、歯ならびは上下で交互になっています。

Animal encyclopedia

動物図鑑

FILE ① イリエワニ

分類
は虫類クロコダイル科

分布
東南アジア、オーストラリア北部など

大きさ
体長 1.5～7.5m

おもな食べ物
鳥類、魚類、ネズミなどの小型ほ乳類

世界最大のワニ。淡水と海水どちらでも生活できるため、広く分布している。首にはほかのワニのようなうろこがなく、「ネイキッドネッククロコダイル」ともよばれる。

学習能力はイヌやネコ並で、は虫類の中でもっとも脳が発達しているという説もある。また、子育てをするは虫類としても知られ、メスは子守りをする。

えものは水中に引きずりこむわ！

Let's learn more about Animals!

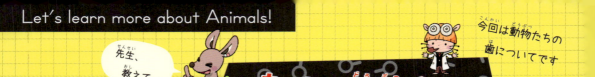

先生、教えて〜

今回は動物たちの歯についてです

もっと！動物知識

動物の歯のひみつ ①
歯の形や役割はさまざま！

　動物の歯は、食べ物をかんだり、えものをつかまえたりと、生きていくためになくてはならないもの。その歯の形や生え方は、食べ物やくらし方によりさまざまです。
　たとえば、ハムスターの前歯はかたい食べ物をくだくので、すりへっても平気なように一生のびつづけます。ゾウの上あごに左右1本ずつはえた長い牙は前歯で、土をほったり木をもちあげたりするのに使います。イッカクのオスには、ツノのような歯がありますが、ほかの歯はほぼありません。歯に注目して動物を知るのもおもしろいですよ！

なんともりっぱなゾウの前歯

動物の歯のひみつ ②
歯がない動物もいる！

　ほ乳類やは虫類の多くは、歯があります。でも、くらしている場所、エサの種類などによって、歯をもたないものもいるのです。
　よく知られているほ乳類では、アリクイ。歯がないかわりに長くねばねばした舌で、アリをくっつけて食べます。シロナガスクジラなど、ヒゲクジラのなかまは、上あごのひげ板で、海中のオキアミなどをこし取って食べます。は虫類でもカメのなかまや、鳥類は、歯をもっていません。そのかわり、エサをくちばしでついばみ、かまずに丸のみします。

アリクイは歯がなくても

へっちゃら

2 ぬすまれた名画

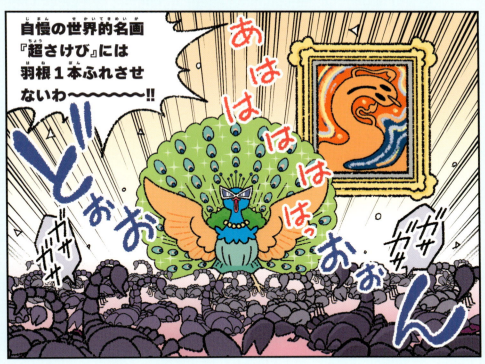

ひとことメモ
クジャクのかざり羽は、派手なのはオス、地味なのがメス。だからこのクジャクはオスです。また、オスは派手であるほどメスにモテます。

ひとことメモ
クジャクには、運動神経をまひさせるような神経毒がきかないとされます。サソリのもつ神経毒もきかないので、えさとして食べちゃうそうです。

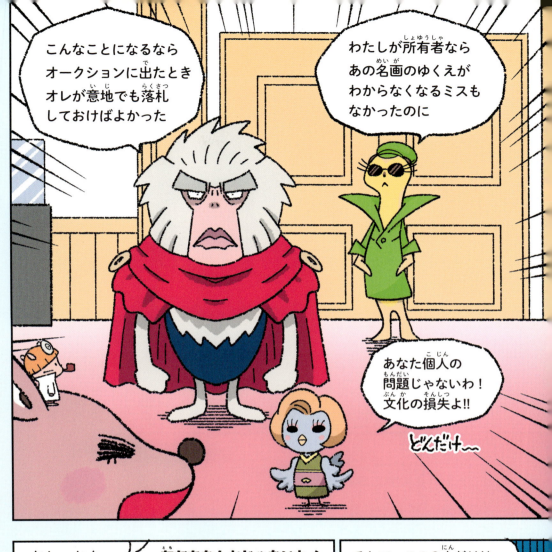

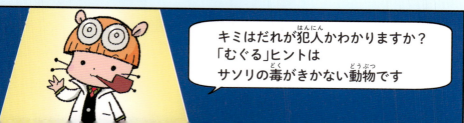

容疑者リスト

日日満斗（ひひまんと）

SUSPECT?
- 種：マントヒヒ
- 職業：スタイリスト

スタイリスト業界の超有名人。一枚布をはおるスタイルを提唱しているが、流行ったことはない。

SUSPECT?
- 種：ミーアキャット
- 職業：モデル

背すじをのばして立つ姿が、多くのデザイナーのショーによばれるひみつ！映画出演経験アリ。

木谷戸ミア（きゃと）

KAKKO（カッコー）

SUSPECT?
- 種：カッコウ
- 職業：美容家

どんだけ〜ってくらいすごい技術をもつ一流のメークアップアーティスト。得意技は背負い投げ。

Animal encyclopedia

動物図鑑

FILE ②
ミーアキャット

分類
ほ乳類マングース科

分布
南アフリカ

大きさ
体長 25〜35cm

おもな食べ物
昆虫、サソリ、鳥類の卵など

乾燥した平原の地下に巣を作り、2〜3家族（10〜30頭ほど）の群れでくらす。夜間はおもに地下の巣の中ですごし、夜が明けると外で日光浴をして体を温める。日中、敵におそわれる危険もあるので、群れの数頭が立ちあがり、まわりを見張る。敵を発見すると警告の鳴き声をあげて、巣穴にかくれる。

サソリの毒はきかなくても、さされるといたい

3 なりすましの哲学者

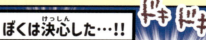

どこがちがう？

ほんものの哲学者

鴨志田未来
種： ニホンカモシカ
職業： 哲学者
哲学科の大学教授。つねに生き物と時間（とくに未来）について哲学的考察をしている。

ちがいは**2**つ。10秒で見つけてね！

なりすましの哲学者

得九しんや
種： ニホンカモシカ
職業： バックパッカー
世界中をバックパックひとつで旅する旅人。度胸はなく、ウソをつくのもヘタで旅先では苦労する。

Animal encyclopedia

動物図鑑

FILE ③
ニホンカモシカ

分類
ほ乳類ウシ科

分布
日本（本州、四国、九州）

大きさ
全長 70 〜 85cm

おもな食べ物
木の葉、芽、草、実など

山や森林で、繁殖の時期以外は単独でくらす。ひづめが発達していて、急な斜面でもすばやく移動ができる。目の下あたりにニオイが出る腺があり、これを木にこすりつけて、ニオイで自分のなわばりを主張する。
あまり鳴き声をあげないが、好奇心が強く、あたりをじっとうかがう様子から「森の哲学者」とよばれることもある。

木の実ではドングリがとくに好きですね

「∃ なりすましの哲学者」 おわり

4. 消えた!? トマト色の秘仏

きたない家を「ブタ小屋」なんていいますね

だからブタはきたない場所を好む

…と思いこんでいる人多いんじゃないですか

これ ブタにとってはいいめいわく

ブタはと〜ってもきれい好きなんですよ！

思いこみにはふり回されたくないものです……

ひとことメモ
飼育されているハムスターの平均寿命は2〜3年ほど。4年以上生きた記録もあるようですよ。ところでわたしは、もっと長生きする予定です。

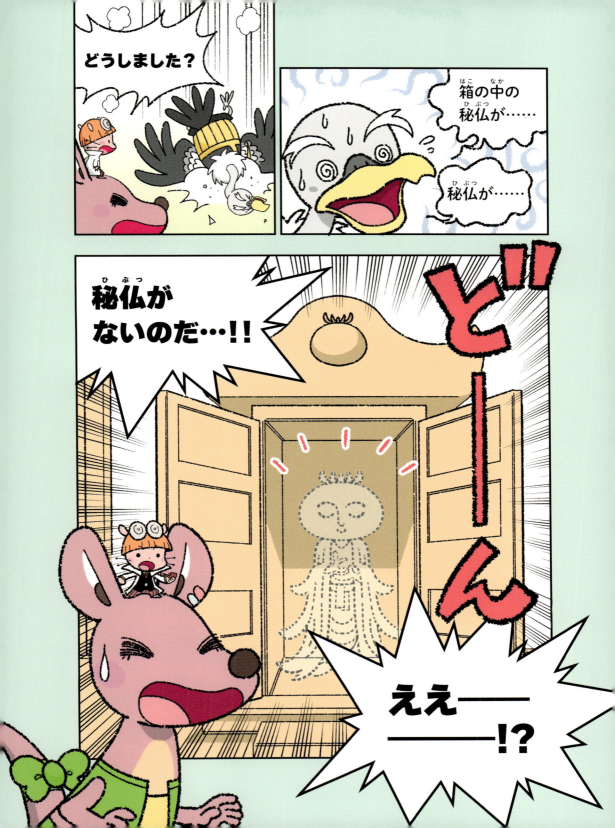

4 消えた!? トマト色の秘仏

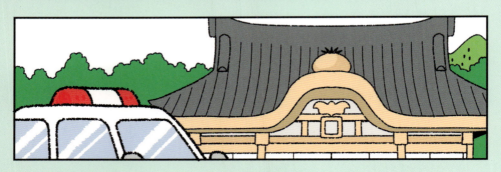

ひとことメモ

イノシシは雑食の生き物。食料をもとめて野菜畑などを荒らすことがあります。赤く熟したトマトは好物で、よく食べるそうですよ。

ひとことメモ

マダラハゲワシは、ライオンなどの肉食動物が食べのこした肉などのおこぼれを食べます。強力な胃液をもつので、くさっていてもおなかをこわしません。

ひとことメモ

闘牛は赤い色に興奮するのではなく、ひらひらする布の動きにイライラしてつっこんでいっちゃうのです。

> **ひとことメモ**
> ニホンザルはリンゴなどの赤い果物が好き。また、赤い顔、赤い尻など色でなかまを見分けたりします。赤へのこだわりが強いのです。

> **ひとことメモ**
> ハムスターが回し車を回す平均速度は、時速4〜6kmほどといわれています。ちょうど人間が歩く速さかそれより少し速いくらいです。

ひとことメモ

鳥類の多くは四原色、赤・緑・青・透明（紫外線）を見分けられるようです。ただし嗅覚がするどいキーウィなど、目が悪いものもいます。

ひとことメモ

トマトはカラスが大好物な果実のひとつです。また、ガラスやアルミなどキラキラするものがお気に入りのようで、巣に集める習性があります。

「4 消えた!? トマト色の秘仏」 おわり

Animal encyclopedia

動物図鑑

FILE 4
ハシブトガラス

分類
鳥類カラス科

分布
ユーラシア大陸南東部、東南アジア、日本各地

大きさ
全長約57cm

おもな食べ物
果実、生ごみ、鳥のひな、昆虫など

市街地でも見られる身近な鳥。イヌやネコよりも知能が高いともいわれ、1～4までなら声を出しながら数を数えることもできる。記憶力がよく、人の顔をおぼえたり、スズメのひなをつかまえたことがある場所の様子を翌年も見にいったりする。繁殖の時期以外は群れでくらし、夜は山や森に集まってすごす。

おれたちはカ～しこい鳥って知ってたカ～？

Let's learn more about Animals!

先生、教えて〜

動物たちの目についてお話しします

もっと！動物知識

動物の目のひみつ ❶
ヒトには見えない紫外線が見える！？

天気予報などで、紫外線って言葉をきいたことはありますか？
お肌の大敵、あびるとシミなどの原因にもなる光で、ヒトの目には見えませんが、動物の中には、この紫外線を見ることができるものがわりといるのです。たとえば、カラスやスズメ、ペンギン、ハチドリなどの鳥類のなかまや、ヘビやオオトカゲなどのは虫類などが代表的。ほ乳類にはあまりいませんが、トナカイや、一部のコウモリなどは紫外線が見えることがわかっています。そのような目で、エサをさがすのに役立てているようです。

紫外線が見えるのは好物のハナゴケを食べるため！

動物の目のひみつ ❷
こんなスゴイ目をもつ動物も！

なんともびっくりな目をもつ動物たちを紹介しましょう。
動物の中でも、鳥類は視力が優れているものが多いですが、ダントツはダチョウです。目は脳よりも大きく、その視力は20とも！
大きな目といえば、メガネザル。顔の3分の1が目です。それだけ大きいと動かせないので、まわりを見るときは顔を動かします。また、逆に、カメレオンのなかまは顔を動かさなくても、突きだした目を左右別べつの方向に自在に動かしいろんな方向から、まわりを見ることができます。
キミも動物のいろんな目をしらべてみては？

3.5km先まで見えるの

5 ずたボロ肉の謎

ひとことメモ
ハムスターは雑食で、肉も食べます。ハムスターの肉エサも売ってますね。ただ、おもに植物食なので、ほかの生き物をおそうことはまずありません。

ひとことメモ

ウサギはほぼ草食ですが、北国のノウサギは、冬にエサがないとき、死んだ動物の肉を食べる様子が観察されています。

容疑者リスト

SUSPECT?

種
イグアナ

職業
研究所研究員

は虫類が好む味の肉を培養することが得意。「あのな～」を「あんなぁ～」と言ってしまいがち。

育アンナ

SUSPECT?

種
リカオン

職業
研究所研究員

規則正しい生活を心がけており、研究は就業時間内のみ。残業なしでも、人気の肉の培養に成功している。

恩リカ

SUSPECT?

種
ヒョウアザラシ

職業
研究所研究員

サービス精神おうせい。アニマルタウンの住民をよろこばせたい一心で肉を培養する研究員。

表朝ラッシー

Animal encyclopedia

動物図鑑

FILE 5
ヒョウアザラシ

分類
ほ乳類アザラシ科

分布
南極大陸、南極海など

大きさ
体長 250〜320cm

おもな食べ物
鳥類、小型のアザラシ、魚類など

体に黒い斑点もようがあり、ネコ科のヒョウを思わせることから、その名がついた。また、ヒョウのように、口にはするどく大きな歯がならび、ペンギンや小型のアザラシなどをおそう。群れを作らず、単独行動する。南極海では「海のギャング」ともあだ名されるほどどう猛で、周囲に敵はいない。

アザラシ界でもトップクラスのハンターです

6 金庫やぶりの かんぺきなアリバイ

ひとことメモ

モグラは土の中でくらすこともあり、ほとんど目が見えません。そのかわり、耳や鼻がとてもよくて、かすかな音、ニオイを感じとることができます。

写真検証

この写真、どこがおかしい？

- 2週間のバカンス中
- ピカピカの太陽
- 日焼けした顔
- 南の島の海
- 散歩中のヤドカリ
- 茶色の毛におおわれた体

SUSPECT?

種: **アカウアカリ**

職業: とび職人

バランス感覚に自信アリ！建設現場の高い場所での作業には定評がある。ただ、うぬぼれて態度が悪い。

尾巻アカリ

91ページの答え ……おかしいのは「日焼けした顔」。
ウアカリの顔はもとから赤いので、日焼けではない

Animal encyclopedia

動物図鑑

FILE 6
アカウアカリ

分類
ほ乳類サキ科

分布
南アメリカ北西部

大きさ
体長 38～57cm

おもな食べ物
果実や種、たまに昆虫など

赤い顔をしていて、頭と顔に毛がないのが特ちょう。「ハゲウアカリ」ともよばれる。

おもに樹上で生活をする。短い尾をしているが、バランスをとるのが上手で、うまく木の上をわたり歩く。あごの力が強く、かたい木の実もかみくだくことができるので、サルのなかまではめずらしく熟していない果実や種を好む。

奥歯で木の実をかみくだくんですよ

93

*『名探偵はハムスター！①Dr.はむぐるの動物事件簿』の7章に署長が登場するよ

「6 金庫やぶりのかんぺきなアリバイ」 おわり

1 まぼろしのツチノコを追え！

キミは
Unidentified Mysterious Animal
ってごぞんじですか？

水棲獣ネッシー……
獣人イエティなど
いるとうわさされる
未確認生物のことです

でも、長い名前ですね……
Unidentified Mysterious Animal
Unidentified Mysterious Animal
何度言ってもおぼえにくいです

ですから、
頭文字をとって
こうおぼえておきましょう
「UMA」って……

え？
それなら知ってます？

ひとことメモ
オオカンガルーの垂直跳びは約3.5m、アカカンガルーは約2mと、カンガルーはかなり高く跳べます。ルーくんはアカカンガルーですよ。

ひとことメモ

むかし、「アフリカに二本足で歩く猿人がいる！」と報告があり、調査した結果、1903年にマウンテンゴリラを発見。また、「西アフリカにニグヴェとよばれる怪物がいる」とのうわさから、1913年に探検家がつかまえたのがコビトカバ。どちらもはじめはUMAだったのです。

マウンテンゴリラ

コビトカバ

7 まぼろしのツチノコを追え！

ひとことメモ

飼育下のニホンザルは、ケンカしてケガをするような深刻な争いごとをおこさないため、群れの中では自分より強い者によくしたがいます。サルの知恵ですね。

ところで この村に マツカサトカゲや アオジタトカゲの住民が いたことはありますか？

はて トカゲ……？
おい はむぐる
ツチノコはヘビ。
トカゲは関係なかろう？

いえいえ大アリです！
どちらもツチノコの
目撃証言にそっくり
なんですよ!!

ひとことメモ

マツカサトカゲもアオジタトカゲも、ほかのトカゲと比べるとあしが短くて目立ちません。また、体が太くて短いこともあって、世の中にうわさされている、ツチノコの姿ととてもそっくりなんです。

マツカサトカゲ

アオジタトカゲ

ひとことメモ
ヘビはあごを外して口をあけることができるので、大きなものでも飲みこめます。また、消化中は体がふくれて、動きもにぶくなります。

ひとことメモ

チャボは観賞用・ペット用に品種改良されたニワトリです。そんなわけで、とくに人になつきやすいので、チャボ谷さんはかわいがられているのかも。

ひとことメモ

ナマケモノは、体のエネルギーが使われるのをギリギリまでおさえる省エネ動物。だから動きもおそく、もっとも速い動きでも時速0.9kmといわれています。

ひとことメモ

警察犬は、たいへんな状況にもよくたえる根性のもち主。
忍耐力のある犬種が警察犬になれるのです。

UMA情報

未確認生物 ツチノコ とは

チー

「チー」と鳴き いびきをかく

頭部は三角形

首はくびれ、体は太く、ビールびん形

体をくねらせず移動する
距離、高さ10m以上跳ぶことができる

尾は細長い

ツチノコ

1300年以上前の歴史書『古事記』に目撃談が書かれており、日本各地の森林地帯に、大昔から生息するといわれている。猛毒をもつという話もある。「怪蛇」ともよばれるが、「目にはまぶたがある、体をくねらせず移動したり、シャクトリムシのように体を上下に波打たせてはう」など、ヘビには見られない特ちょうをもつ。

分類
は虫類（？）

分布
日本（北海道、奄美・沖縄以外）

大きさ
全長 40～70cm

おもな食べ物
ヘビ、ネズミ、カエル、野鳥など

ひとことメモ

ヘビは、酸性の強い胃液で食べたものを消化します。これには時間がかかるため、つづけて食べられません。逆にいえば、その間は何も食べなくても平気です。

ひとことメモ
ヤギのひづめは、外側がかたく内側がやわらかく、岩の表面の凹凸をつかめます。だから、切り立った崖も登れます。

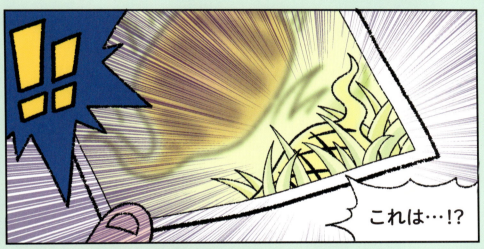

Animal encyclopedia

動物図鑑

FILE 7

マムシ

分類
は虫類クサリヘビ科

分布
北海道、本州、四国、九州

大きさ
全長 40〜70cm

おもな食べ物
ネズミ、カエル、トカゲなど

かまれると傷口から血がとまらなくなる出血毒をもったヘビ。森林や、河川などの水辺にくらしている（そのため森林などで人がかまれる被害が多い）。三角形の頭で、太く短めのずんぐりとした体型。色は赤褐色や黒いものがいて、楕円形のもようがある。メスは、卵ではなく赤ちゃんを産む。

けっこう危険なヘビなん蛇！

おわりに

さて、今回は急行列車にのったり、
古いお寺、研究所、西のヤギ村にいったり……。
アニマルタウン中をかけめぐりましたね。

住民たちもぞくぞく登場して、にぎやかでした。
印象にのこった容疑者はいますか？
キミの動物知識も、どんどんふえてきましたね！

動物知識っておもしろいなあ、と思ったら、
図鑑やインターネットであれこれしらべてみてください。
そう、わたしが頭の中で「はむぐる検索」するように。
きっと、もっとおもしろびっくりの生態をもつ、
まだまだ知らない動物たちに
出会えますよ！

以上、
Dr.はむぐる
でした。

また次の巻で
お会いしましょう！

次巻予告

名探偵はハムスター!

③Dr.はむぐる VS 怪盗カメレオン3世(仮題)

怪盗カメレオン3世が、刑務所をぬけだして逃亡した!

アニマルタウンにひそむ、なかまの怪盗たちも動きだしたようだ。そのひとり、神出鬼没の大どろぼう・スカン九右衛門が、いよいよ町をさわがせはじめ……。

怪盗一味からの事件予告をうけて、Dr.はむぐるが立ちあがる!

新登場の動物たちからも目がはなせない、ミステリーと大冒険、そしてオモシロ動物知識たっぷりの第3巻。

また読んでね〜

お楽しみに!

こざきゆう 作

児童書ライター、作家。伝記、学習漫画、動物などの雑学が得意。「からだのなかのびっくり事典」シリーズ（ポプラ社）、「レーシング！ZOO」シリーズ（Gakken）など 100 冊以上の執筆を手がける。

やぶのてんや 絵

漫画家。『ねんどん』『イナズマイレブン』『ボッチ わいわい岬へ』『ポケットモンスターホライズン』（以上、小学館）、『デジモンアドベンチャー V テイマー 01』（集英社）など著書多数。

小宮輝之 監修

多摩動物公園、上野動物園の飼育課長を経て、2004 年から 2011 年まで上野動物園園長を務める。著書に『くらべてわかる哺乳類』（山と渓谷社）、監修書に「生きものとなかよし　はじめての飼育・観察」シリーズ（ポプラ社）などがある。

参考文献

『ポプラディア大図鑑　WONDA 動物』（川田伸一郎・監修／ポプラ社）
『ポプラディア大図鑑　WONDA 両生類・爬虫類』（森哲　西川完途・監修／ポプラ社）
『ポプラディア大図鑑　WONDA 鳥』（川上和人・監修／ポプラ社）
『ポプラディア大図鑑　WONDA イヌ・ネコ』（JKC　ACC・監修／ポプラ社）
『ポプラディア情報館　動物のふしぎ』（今泉忠明・監修／ポプラ社）
『ポプラディア情報館　鳥のふしぎ』（川上和人・監修／ポプラ社）
『うんちくいっぱい　動物のうんち図鑑』（小宮輝之・著／小学館）
『動物園のへぇ～!?』（小宮輝之・監修／さとうあきら・写真／学研プラス）
『いきもの写真館❸　つのじまんつのくらべ』（小宮輝之・文 写真／メディアパル）
『角川の集める図鑑 GET! 動物』（小菅正夫・総監修　天野雅男・監修／ KADOKAWA）
『カラスのひみつ』（松原始・監修／ PHP 研究所）
『しっぽのひみつ』（今泉忠明・監修／ PHP 研究所）
『生きもののヘンな顔』（小宮輝之・監修／ネイチャー・プロ編集部・構成・文　幻冬舎）
『学研の図鑑 LIVE　動物』（今泉忠明・監修／学研プラス）
『学研の図鑑 LIVE　鳥』（小宮輝之・監修／学研プラス）
『学研の図鑑 LIVE 新版　危険生物』（今泉忠明・総監修／学研プラス）
『学研の図鑑 LIVE for ガールズ　もふもふ動物』（今泉忠明・監修／学研プラス）
『学研の図鑑ニューワイド　動物のくらし』（今泉忠明　小宮輝之　鳥羽通久・監修／学研プラス）
『大自然のふしぎ　増補改訂　動物の生態図鑑』（今泉忠明・監修／学研プラス）
『にたものずかん　どっちがどっち!?　新装版』（今泉忠明・監修／学研プラス）
『講談社の動く図鑑 MOVE　動物』（山極寿一・監修／講談社）
『世界動物大図鑑　ANIMAL』（デイヴィッド・バーニー・総編集／ネコ・パブリッシング）

みんなのおたより
おまちしています

〒105-0001
東京都港区虎ノ門2-2-5
共同通信会館　9F

(株)文響社
「名探偵はハムスター！」係 まで

※いただいたおたよりは著者にお渡しいたします。

本の感想を
きかせてくださいね！

名探偵はハムスター！
② まぼろしのツチノコを追え！

2024年12月10日　第1刷

作　　　こざきゆう
絵　　　やぶのてんや
監修　　小宮輝之
発行者　山本周嗣
編集　　森彩子
校正　　株式会社ぷれす
DTP　　有限会社マーリンクレイン
ブックデザイン　岩田りか
発行所　株式会社文響社
ホームページ　https://bunkyosha.com
お問合せ　info@bunkyosha.com
印刷・製本　中央精版印刷株式会社

この本は『Dr.ちゅーぐるの事件簿　消えたトマト色の仏像』(2022年／ポプラ社)を
再編集・加筆したものです

©Yu Kozaki, やぶのてんや 2024　　Printed in Japan
ISBN978-4-86651-867-1

乱丁・落丁本は送料小社負担でお取り替えいたします。この本に関するご意見・ご感想をお寄せいただく場合は、郵送またはメール(info@bunkyosha.com)にてお送りください。
本書の全部または一部を無断で複写(コピー)することは、著作権法上の例外を除いて禁じられています。購入者以外の第三者による本書のいかなる電子複製も一切認められておりません。定価はカバーに表示してあります。

写真提供：小宮輝之　(P41, P49, P52, P78[トナカイ], P93, P98[コビトカバ], P103, P123)、
　　　　　Adobe Stock (P33, P34, P78[ダチョウ], P85, P98[マウンテンゴリラ])